Abbé Ludovic BRIAULT

LES PETITS SABOTS.

TOLRA - ÉDITEUR - PARIS.

LES PETITS SABOTS

1898

Abbé Ludovic BRIAULT

LES PETITS SABOTS.

TOLRA - ÉDITEUR - PARIS.

LES PETITS SABOTS

eanne, Hélène et Eugénie sont trois mignonnes petites sœurs, toujours joyeuses, toujours d'accord, toujours disposées à se faire mutuellement plaisir.

Jeanne a quatorze ans, Hélène vient de faire sa première communion, Eugénie court après son dixième printemps.

Jeanne est peintre, Hélène sculpteur, Eugénie s'essaie à devenir l'un et l'autre.

Ce sont des spécialistes : Jeanne ne peint qu'à la barbotine, Hélène ne sculpte que de petits objets d'étagère, Eugénie les aide l'une et l'autre dans leur tâche.

Sans être encore de grandes artistes, elles font déjà des choses charmantes qui dénotent de l'étude, de l'imagination et du goût.

Elles appartiennent à une famille opulente, et habitent une maison somptueuse, au centre de la ville de... mettons Paris pour ne pas indiquer tout à fait l'adresse.

Elles sont pieuses et charitables, et plus d'une fois, sous la conduite de leur mère qui veut les former de bonne heure aux fortes vertus chrétiennes, elles ont pénétré dans la mansarde du pauvre pour y porter le bien-être et y ramener l'espérance.

Partout où elles se montrent, la joie paraît, car elles sont l'amabilité et la bonté mêmes. Que de douleurs par elles ont déjà été soulagées, que de cœurs consolés, que de larmes taries !

Elles sont bien connues dans le quartier où on les appelle les petites sœurs de charité. Quand elles passent à pied, dans la rue, se rendant aux offices ou allant visiter les pauvres, on leur sourit de tous côtés en les saluant avec une familiarité touchante où se mêle comme une sorte de vénération.

Je tracerais bien ici leur portrait, mais si, par hasard, je venais à reproduire leur ressemblance au point de les faire reconnaître par quelques-uns de mes lecteurs, je sais qu'elles m'en voudraient. Or, je ne tiens pas du tout à me brouiller avec elles... au contraire ! Je me contente de dire qu'elles sont brunes comme de petites senoritas de Barcelone, et que, sans être des reines de beauté — ce à quoi elles ne tiennent et ne songent guère — elles ont ce charme attirant et cette grâce naturelle qui sont l'apanage de la jeunesse et le reflet d'une âme innocente et pure. Qu'importe après cela qu'elles soient belles ! Elles sont pieuses,

Un grand piano à queue, toujours ouvert (page 13).

Jeanne, Hélène et Eugénie paraissaient absorbées dans une occupation (page 14).

elles sont aimables et elles sont bonnes : cela suffit.

Maintenant que vous les connaissez, entrons ensemble dans leur atelier. C'est une grande pièce lambrissée où se tiennent presque constamment nos jeunes artistes. Deux larges fenêtres, donnant accès sur un balcon suspendu au-dessus de la rivière, qui coule de ce côté, au pied de la maison, versent à flots la lumière dans ce gracieux sanctuaire du travail et de la gaieté. Entre les deux fenêtres, un grand piano à queue, toujours ouvert, mêle presque tous les jours ses notes graves et sonores aux voix limpides des chères petites. Pour meubles : un canapé Louis XVI, deux fauteuils et quatre chaises du même style, une petite bibliothèque et une longue table chargée de livres et d'estampes ; puis un métier à tapisserie, un chevalet, une boîte à peinture, un établi à modeler, et çà et là, épars sur le parquet, sur la table, sur la cheminée, sur les sièges, des crayons, des pinceaux, des tubes, des ébauchoirs, des gravures et ces mille petits riens inutiles et charmants qu'on rencontre partout où se trouvent des jeunes filles.

A cette heure, il règne un silence complet dans l'atelier. Un grand feu flamboie dans la cheminée, car on est en décembre, à la veille de Noël, et le froid sévit au dehors dans toute sa rigueur. Assises autour d'une petite table ronde, Jeanne, Hélène et Eugénie paraissent absorbées dans une occupation qui captive toute leur attention.

Sur la table sont posés cinq petits sabots d'inégale grandeur, non de vulgaires sabots, grossièrement taillés par un homme du métier et dont un cirage luisant est la seule décoration, mais des amours de sabots, jolis à rendre jalouse la petite pantoufle de Cendrillon, et peints, et sculptés comme de petites châsses. Les trois sœurs y ont travaillé ensemble : Hélène les a découpés, fouillés, ciselés aussi finement qu'un ciseau exercé conduit par une main de jeune fille peut le permettre; Jeanne les a revêtus des plus brillantes couleurs de sa palette : l'or s'y marie aux teintes les plus éclatantes du cinabre et du cobalt; Eugénie, qui a prêté son concours tantôt à l'une, tantôt à l'autre pendant la composition de ces merveilles, les contemple avec une muette admiration.

Cependant, les jeunes filles ont mis la dernière main à ces petits chefs-d'œuvre de patience et de bon goût. Après un examen attentif, elles paraissent satisfaites de leur travail. Que vont-elles en faire? Regardez!... Elles tirent chacune leur bourse, et glissent, en riant, une belle pièce blan-

L'homme, charpentier de son état, fit une chute terrible (page 20).

che au fond de chaque sabot, puis elles les remplissent de dragées, de pralines et

Elles glissent, en riant, une belle pièce blanche (page 16).

2

de sucreries de toutes sortes qu'elles puisent à pleines mains dans une grande bonbonnière ouverte devant elles.

— Comme ils vont être heureux ! dit Jeanne.

— Ils n'auront jamais été à pareille fête, continue Hélène.

— Comme ce serait amusant d'assister à leur réveil ! ajoute Eugénie.

— De qui parlent-elles ? Nul ne le sait ; c'est un secret qu'elles n'ont encore livré à personne, pas même à leur mère qui s'en doute bien un peu quand même, mais qui se donne des airs très intrigués pour ne rien enlever au plaisir que ses chères petites semblent prendre à lui cacher quelque chose.

II

Au troisième étage, c'est-à-dire sous les toits d'une maison de triste apparence, habite une pauvre famille d'ouvriers. L'homme, charpentier de son état, a été rapporté presque mourant chez lui, il y a deux mois, à la suite d'une chute terrible qu'il a faite du haut d'un bâtiment en construction. Longtemps, on a craint pour sa vie, mais sa robuste constitution a triomphé du mal, et malgré ses deux jambes brisées et des contusions par tout le corps, il est maintenant hors de danger. Mais la maladie a été longue et coûteuse, et les petites épargnes du ménage, si péniblement amassées, se sont dissipées sou par sou en remèdes et en visites de médecin.

Pour comble de malheur, la femme, une douce et pieuse créature, qui ne songe qu'à élever honnêtement sa petite famille, est devenue, à force de privations et de fatigues, presque phtisique. Elle, autrefois si active et d'une santé si florissante, n'est plus que l'ombre d'elle-même. Son sourire, sa fraîcheur, sa bonne mine, tout cela a disparu sous l'effort continu d'une toux sèche et saccadée qui ne la quitte plus. Autour d'elle, cinq enfants, dont l'aîné n'a pas dix ans, cinq petits êtres affamés font entendre des gémissements et des cris que rien ne peut apaiser. La huche est vide, et malgré un froid glacial, l'âtre éteint faute de bois refuse sa chaleur aux membres engourdis des pauvres innocents.

Pierre Lefort (c'est le nom du charpentier), le regard fixe et sombre, semble avoir perdu jusqu'au sentiment de ce qui se passe autour de lui. Louise, sa femme, pleure silencieusement, en s'efforçant de dérober aux siens les larmes qu'elle ne peut retenir. Elle

Mon Dieu ! Mon Dieu ! soupira-t-elle.

Autour d'elle, cinq enfants font entendre des gémissements et des cris (page 21).

songe qu'autrefois, à cette même époque de Noël, elle avait toujours quelque heureuse surprise à faire à ses chers enfants. Aujourd'hui elle ne sait où prendre le morceau de pain nécessaire à leur existence.

— Mon Dieu ! mon Dieu! soupire-t-elle, dans un élan de suprême supplication, ne nous abandonnez pas !

— Ah ! oui, ton Dieu, tu peux le prier, murmure l'ouvrier, d'un ton farouche, il s'occupe bien de nous!

— Pierre, ne dis pas cela, c'est un blasphème. Dieu nous écoute et nous voit. Demandons-lui qu'il nous vienne en aide. Il est bon et miséricordieux; il exaucera notre prière et nous prendra en pitié.

Cette parole douce et résignée, où la confiance en Dieu et la soumission à sa volonté révèlent la chrétienne, ne paraît faire aucune impression sur le blessé qui conserve le même regard dur et méchant et semble abîmé dans son désespoir.

Louise, cependant, a fait signe aux enfants d'approcher du lit paternel. Elle les fait mettre à genoux, et joignant les mains du plus petit,

Elle les fait mettre à genoux et joignant les mains du plus petit.

récite à demi-voix avec eux un *Pater* et un *Ave* pour attirer les regards de l'Enfant-Jésus et de sa divine Mère sur leur détresse et leur pauvreté.

Qui saura jamais la puissance des cœurs purs et innocents sur le cœur de Dieu !

En ce moment, un pas lourd se fait entendre dans l'escalier. La porte s'ouvre, et un homme, un domestique de bonne maison, entre, et, déposant sur la table un volumineux paquet :

— Voilà, dit-il, ce que je suis chargé de vous remettre. Vous trouverez là-dedans des vêtements pour les enfants, des remèdes pour le malade et des vivres pour toute la famille. Ne soyez plus inquiets. Le médecin viendra vous voir chaque jour; vous aurez tous les soins que réclame votre état; vos enfants ne manqueront de rien, et en retour, vous n'aurez qu'à remercier ceux ou plutôt celles qui m'envoient. Je ne vous dis pas leur nom, parce qu'elles veulent se faire connaître elles-mêmes. Préparez-vous donc à leur visite, car elles ne tarderont pas à venir vous voir.

Un domestique de bonne maison entra (page 27).

Et, sans attendre de réponse, le brave homme disparaît, avant que les pauvres gens, revenus de leur surprise, aient le temps de lui exprimer leur reconnaissance autrement que par des larmes.

— Vois-tu, Pierre,

Soudain, trois jeunes filles entrent dans la chambre suivies d'un domestique (page 37).

reprend la femme, d'un ton presque triomphant, que Dieu s'occupe de nous. C'est au moment où tout semble perdu que sa bonté se manifeste et qu'il nous envoie ses secours et ses consolations. Et la pauvre phtisique prend la tête du blessé dans ses mains et y dépose un long baiser. Pierre ne répond pas, mais il est pro-

Pierre ne répond pas, mais il est profondément ému.

fondément ému, et deux grosses larmes glissent lentement sur ses joues pâles et creusées par la souffrance.

III

Un rayon de bonheur vient enfin de briller dans la pauvre mansarde; une douce lueur d'espérance y pénètre depuis que la charité y a fait son apparition.

Cependant, au milieu de cette joie inattendue, une pensée préoccupe Lefort et sa compagne : A qui sont-ils redevables du secours inespéré qu'ils viennent de recevoir? Quelle est la main charitable qui s'est tendue vers eux pour les arracher à la misère et au désespoir?

Voilà ce qu'ils se demandent intérieurement l'un et l'autre. Mais ils ont beau chercher, ils ne connaissent personne dans leur entourage qui ait pu leur venir si généreusement en aide. A part M. le curé qui seul les a visités et secourus dans leur malheur, nul n'a connu leur détresse, car Pierre est fier de sa nature; après avoir été un ouvrier aisé, il lui en eût trop coûté de tendre la main à des étrangers.

En attendant que les âmes généreuses qui sont venues en aide à la pauvre famille du charpentier se fassent connaître, Pierre et Louise les bénissent du fond du cœur et prient Dieu qu'il leur rende au centuple le bien qu'ils en ont reçu.

Sous le coup d'une douce et heureuse émotion, l'humble ménage oublie les épreuves du passé. Pierre a repris sa bonne et loyale figure d'ouvrier sans reproche, et

Louise, délivrée de ses mortelles inquiétudes, a retrouvé son doux sourire. Il est donc vrai que le bonheur est encore pos-

C'étaient des jouets superbes pour les enfants.

sible pour eux ici-bas, qu'ils vont pouvoir bientôt se remettre au travail, sortir de cette affreuse misère qui les étreint depuis

Elles glissent sous l'oreiller de chacun d'eux un des petits sabots de Noël que nous connaissons (page 43).

deux mois, réparer les désastres de leur petite fortune, élever convenablement leurs chers enfants, ces beaux petits anges qui sont là endormis, et pour lesquels ils se reprennent à faire encore des rêves d'avenir.

Cette pensée fait déborder leurs cœurs et les remplit de gratitude envers Dieu qui a envoyé ses anges pour les consoler et les secourir !

L'ouvrier et sa femme ne croyaient pas si bien dire.

En ce moment, des éclats de voix et de petits rires étouffés se font entendre à la porte. Soudain, trois jeunes filles entrent dans la chambre, suivies d'un domestique que Pierre et Louise reconnaissent aussitôt et qui, cette fois encore, porte un énorme paquet sous le bras.

Ces jeunes filles, le lecteur l'a deviné,

ce sont les trois sœurs Jeanne, Hélène et Eugénie en tournée de charité.

Elles sont vêtues simplement, mais avec ce goût et cette distinction qui révèlent, au premier coup d'œil, le rang social auquel elles appartiennent.

Un peu embarrassé d'abord en présence de ces belles demoiselles qui n'ont pas craint de franchir le seuil de son misérable logis, et qui lui font l'effet d'une apparition

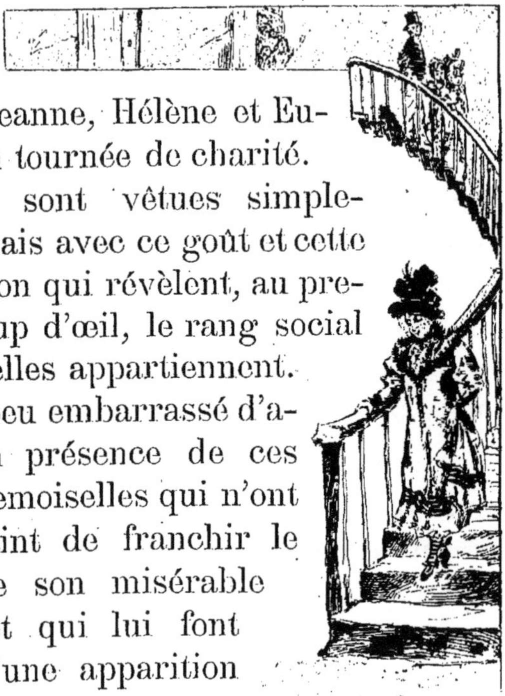

Elles prirent congé du père, de la mère et descendirent l'escalier. (page 43)

céleste, le charpentier se rassure en voyant qu'il n'a devant lui que des enfants.

— Mesdemoiselles, leur dit-il d'un ton grave et ému, c'est vous qui nous avez sauvés de la misère et de...

— Pardon, dit Jeanne l'interrompant vivement, cela regarde maman. C'est elle qui, apprenant votre détresse et vous sachant dignes d'intérêt, vous a envoyé quelques secours. Quant à nous, nous n'y sommes pour rien, et nous ne voulons pas de compliments que nous ne méritons point. Nous sommes ici pour tout autre chose ; d'abord pour nous informer de vos besoins, afin d'en rendre compte à maman, ensuite pour nous donner à nous-mêmes une petite satisfaction. Nous aimons beaucoup les petits enfants ; nous savons que vous en avez cinq, qu'ils sont fort gentils et nous serions bien aise de les voir et de les embrasser.

Tout cela avait été débité d'un petit air aimable et encourageant pour les pauvres gens qui se sentirent de suite à l'aise avec leurs jeunes visiteuses.

— Voici ce que nous apportons pour eux, pour-

suivit Jeanne, et ce disant, elle prenait des mains du domestique le gros paquet qu'elle déficelait en un clin d'œil et d'où elle tirait, en les montrant aux parents émerveillés, des jouets superbes pour les enfants.

C'étaient d'abord de belles poupées tout de rose habillées, puis un magnifique cheval sellé, bridé et prêt à s'élancer au galop sur ses roulettes de cuivre, puis une jolie voiture à ressorts traînée par deux petites chèvres blanches, enfin un grand polichinelle dont chaque mouvement mettait en branle une douzaine de petites sonnettes.

Pierre regardait, heureux et attendri plus qu'il ne voulait le laisser paraître; Louise joignait les mains et pleurait, mais ses larmes étaient douces et soulageaient son cœur. Ses pauvres enfants auraient donc, cette année encore, leur surprise de Noël! Si elle eût osé, l'heureuse mère se fût jetée aux pieds de celles qui, sans le vouloir peut-être, comblaient un de ses plus doux vœux et dissipaient un de ses plus gros chagrins.

— Quand les enfants s'éveilleront, reprit Hélène, ne manquez pas de leur dire que c'est le petit Jésus qui leur a apporté tout cela.

— Si ce n'est lui, répliqua le charpentier, ce sont assurément ses anges!

Mais déjà les jeunes filles, pour échapper aux actions de grâces et aux compliments du blessé, s'étaient approchées des enfants et s'extasiaient sur leur bonne mine et leur gentillesse.

De fait, les chers petits souriaient aux anges dans leur sommeil, comme s'ils se fussent doutés de la surprise qui les attendait au réveil.

Alors, l'une après l'autre, avec des précautions infinies, afin de ne pas troubler leur repos, nos petites sœurs de charité déposèrent sur leur front un caressant baiser, et furtivement, sans être remarquées des parents tout entiers à leur émotion, elles glissèrent sous l'oreiller de chacun d'eux un des petits sabots de Noël que nous connaissons et qui, le lendemain, à leur réveil, devaient causer aux chers innocents une si agréable surprise.

Puis, comme si elles venaient de commettre une mauvaise action, elles prirent congé du père et de la mère de leurs petits protégés et descendirent si précipitamment l'escalier que le domestique qui les accompagnait eut toutes les peines du monde à les suivre.

Malgré les précautions dont elles s'entourèrent pour demeurer inconnues, malgré la défense expresse faites par elles au vieux serviteur de révéler leur nom, le lendemain toute la ville était au courant de cette touchante et véridique histoire.

Pierre et Louise, ne pouvant comprimer les sentiments de reconnaissance qui débordaient de leurs cœurs, avaient parlé. A leur récit, au portrait fidèle qu'ils tracèrent de leurs jeunes bienfaitrices, tout le monde les reconnut et trois noms sortirent de toutes les bouches : Jeanne, Hélène et Eugénie !

Dût leur modestie en souffrir, j'ai fait comme tout le monde, je les ai nommées en narrant à mes lecteurs ce charmant épisode de charité chrétienne. J'espère qu'elles ne s'en fâcheront pas, et quand paraîtra ce volume, qu'elles me permettront de leur en offrir un exemplaire, comme un hommage de ma religieuse et sympathique admiration.

A LA MÊME LIBRAIRIE

ALBUMS EN COULEURS

DE LA MÊME COLLECTION

LA PREMIÈRE COMMUNION
UNE CORRECTION MÉRITÉE
UNE RÉVOLTE D'ENFANTS
UN ENFANT HÉROÏQUE
LA COMPOSITION

Paris. — Imprimerie Vve Albouy, 75, Avenue d'Italie. — Paris

www.ingramcontent.com/pod-product-compliance
Ingram Content Group UK Ltd.
Pitfield, Milton Keynes, MK11 3LW, UK
UKHW020957220726
13924UKWH00002B/751

9 782019 911928